푸른사상 시선 155

황금 언덕의 시

푸른사상 시선 155

황금 언덕의 시

인쇄 · 2022년 4월 4일 | 발행 · 2022년 4월 10일

지은이 · 김은정
펴낸이 · 한봉숙
펴낸곳 · 푸른사상사

주간 · 맹문재 | 편집 · 지순이, 김수란, 노현정 | 마케팅 · 한정규
등록 · 1999년 7월 8일 제2-2876호
주소 · 경기도 파주시 회동길 337-16(서패동 470-6) 푸른사상사
대표전화 · 031) 955-9111(2) | 팩시밀리 · 031) 955-9114
이메일 · prun21c@hanmail.net /prunsasang@naver.com
홈페이지 · http://www.prun21c.com

ⓒ 김은정, 2022

ISBN 979-11-308-1906-8   03810
값 10,000원

푸른사상
시선
155

황금 언덕의 시

김은정 시집

푸른사상
PRUNSASANG

| 시인의 말 |

내 혀는 불의 알입니다!

스스로 스스로를 칭찬해야 이룹니다.

2022년 3월
김은정

■ 시인의 말

제1부 부라보(富羅寶)!

제2부 진리에서 오신 분

제3부 심청 보림

제4부 파란 코끼리의 나라

제1부

부라보(富羅寶)!

자연법

거미줄을 걷었더니
더는 누룩 꽃이 피지 않는다.

더럽다는 건 나의 해석이지
자연의 판단이 아니다.

A4, 무량수전

이 하얀 자유의 광장, 은모래 빛 우주에서
나는 저 너머의 색으로 창이 큰 그림을 그린다.

그대가 질투하며 탐내던 내 엄지손가락 손톱 반달을 찾아온
날카로운 수평선이 주르르 액체로 변하며 화르르 나비 떼
같은데
오늘 아침 햇살에 찔려 초록빛으로 아픈 내 두 번째 손가락에
사막의 오후 그림자 같은 잔주름 두 개가 부드럽게 기대는
동안
연필을 든 샤갈과 붓통을 멘 클림트가 굴껍질 속에 시를
쓰고 있다.

장화 신은 달래 냉이 씀바귀도 야생의 정신 데려와 다 함
께 왈츠,
한 번씩 허공으로 몸을 내던지며 숨을 쉬는 보리 숭어 태
양 눈에
금강초롱 구름미나리아재비 각시붓꽃 노루귀꽃도 은둔하
며 피다가

연꽃 만나 수려하게 부활하는 어여쁜 심청 생각으로 꿈꾸다가

올리브 나무를 기르고 있는 지중해 번지 없는 주막의 달밤

쓴다, 쓴다, 쓴다!

여기는 우주다 하면 우주고, 여기는 천국이다 하면 천국이고,

방만한 방만 해서 숨어 있기 좋고 홀로 놀기도 좋은

이 백결 은하철도 구구구 한 량 속에서 불가능이란 없다.

아미타붓

썰물이다.
물밑도 볕들 날 있어야지.

해저 진경이 잠시 융기한 풍화 지평 위에
울퉁불퉁한 험지와 험지 사이 밀지 열린다.

호미 들고 광활한 지구 등 긁어주러 가는 길
개운의 때라 질퍽질퍽 몸과 몸을 주고받으니
선경의 한 모서리 신명 그림자 숭고하다.

나의 등에 업힌 철근 갑각 장황한 근심 걱정
갯바위에 붙은 굴 떼듯 바람이 다 떼어 가고
효자손 햇살 그 자리 긁어주며 어루만지는 때
천지 허공은 언제나 줄탁동시 내 편임을 알겠다.

정성을 다해 하늘에 닿고자 하는 물밑 포효들
소망 많은 내 간절한 등을 활주로로 쓰는가?

별들의 숨결, 그 거룩한 끈의 힘을 받아
하루아침에 비단길로 급부상한 갯벌에서
춤추는 내가 붓!

오두막

작은 우산을 쓴 적막
숨 막히는 은둔 성스럽다.

용이 태어날 기운을 머금은
이 비밀 옹성 속 구도자의 시간,

대지의 굴뚝 같은 피뢰침 하나 올리고
준엄하게 예를 다하며 엎드린 태반

모든 순간이
거룩한 씨앗이니
때에 이르면 백마 탄 기쁨이 온다!

시인의 주소는 원고지

시인의 주소는 원고지
원고지는 소지를 끓이는 솥,

성채처럼 솥 안에서 헤모글로빈이 걸어 다닌다.
무릇 당신의 상징 태양의 고수레로 끼니를 이으며
신실하게 사랑에 빠지는 자음과 모음의 천태만상
굿판 같은 붓판을 달구는 광대한 원고지 솥 안
이 법계의 맞춤법은 저 법계의 것과는 사뭇 다른가?
가끔은 이 법계 저 법계 맞춤법을 모두 내던지는
그 갸륵한 시무 위에 빨간 립스틱을 솟대로 둔다.

자장면을 비빈 젓가락으로 유리 천장을 깨면서
춤추듯 쏘아 올리는 소도!

빈칸들

나는 빈칸 속에서 사는 곰

원고지 위의 빈칸
단어와 단어 사이의 빈칸
사람과 사람 사이의 빈칸

나는 그런 빈칸을 매우 좋아하는
눈썰매 타고 달리는 꽃사슴 발자국
에델바이스를 품고 있는 숲의 곰

나는 그 빈칸들의 미소와
그 빈칸들의 말에 조용히 귀 기울이며
풍요로워지는 자비행 풍경화의 존엄한 배후

나는 그 빈칸에 가득한 청사초롱과
물결의 능선을 만드는 명예로운 이력
그들과 일렁이며 발렌타인 나무와 이야기하는

진홍빛 입술 같은 유리잔에 담긴 신전

나는 그 다채로운 빈칸들로
수많은 알라딘의 위대한 마술을 만들고
시대를 뛰어넘는 용감한 도약을 만들고
사막을 건너가는 무지개 바퀴를 만들고

나는 그 빈칸 칸 칸을 타고 가볍게 은은히
혹은 때에 따라 격렬하게 당신의 방향으로
웅혼한 기백을 옮기는 강인한 투지

늘 당신을 향해 빛나는
유서 깊은 눈동자 속 고래등
그 같은 곰곰!

흑심

4B 연필을 깎으면서 생각한다.
이 흑심의 힘!

흑심이 아니라면 이 연필은 연장이 될 수가 없다.
다행히, 내가 깎는 이 연필 속은 흑심으로 가득 차 있다.
밖으로 나와서 뭔가를 보여주겠다는 의지와 내용이 있는
것이다.

그러므로 지금,
용틀임하는 나무 비늘 만들며 연필을 깎는 나는 목수,
연필 속에서 잠자던 위대한 흑심을 꺼내 보이겠다는 나는
미켈란젤로를 꿈꾸는 미켈란젤로.

이 흑심은 곧 백마 탄 다비드가 될 것이다.
훌륭한 약효를 지닌 유니콘의 뿔이 될 것이고
태양을 향해 질주하는 초음속 기차가 될 것이다.

이 좋은 세상의 밑그림도 이 흑심이 창조했고
나아가 더 좋은 세상 밑그림도 이 흑심이 낳을 것이니
흑심을 가져야만 고쳐 살거나 새로 이룰 수 있다.

그러니 그대도 짙은 흑심을 품어라.
참으로 현묘하고 유현한 색계를 지녀라.

전설 위의 지금

과거, 화성 표면의 20%는 바다였다고 하네.

○ ○ ○ 였다고 하네.
□ □ □ 였다고 하네.
◇ ◇ ◇ 였다고 하네.

과거, 나는 새였다고 하네.
과거, 나는 물고기였다고 하네.
과거, 나는 낙타였고, 지금 나는 목련꽃이네.

과거로의 탐사, 혈과 경락을 건드리듯
감정이 시간을 낳고 시간이 도약을 부추기네.
감정이입이 깊은 몰입을 굳게 거들며 응원하고
몰입하는 그 열정이 시간의 수수께끼를 풀어가네.

과거, 저 언덕을 비추던 초록빛 별은
은하를 휘돌며 미래를 기획하던 나였다고 하네.
지금, 내가 바라보는 이 장엄한 바다의 80%는

과거, 하늘 경전 비추는 거대한 거울이 있던 자리
누구의 영향도 허용치 않던 무법의 신성, 요새였다 하네.

그래서 모두,
질문하고 응답하고 답사하며 떨치지 못해
품 안에 두고 싶은 것일 거야.

풍부한 과거 덕분에
이렇게 으쓱!

바른 소리

좋아 죽겠다는 말이나
미워 죽겠다는 말이나
거의 다를 바 없다.

신랑이 미워 죽겠다고
온종일 흉을 보다가
그 신랑의 전화 한 통에
분홍빛 볼로 쪼르르 달려가는
어린 신부를 수두룩하게 바라보면서
늘 검토한다.

미워서 죽을 것 같은
못된 친구가 있다고
알아듣기도 힘든 흉이란 흉 다 보고
욕이란 욕은 모조리 퍼붓다가
그 친구의 전화 한 통에
흐물흐물 묵이 되는
수다쟁이 소녀들을 대하면서도

늘 검토한다.

나는 좋아 죽겠다는 말을 사용하는데
그들은 미워 죽겠다는 말을 내뱉는다.
웬걸, 좋아 죽겠다는 말을 사용한 나보다
미워 죽겠다는 말을 내뱉은 그들의 성취가
더욱더 크고 획기적이다.

그래서 어떤 사람은
죽여버리고 싶다고 말한다.
죽여버리고 싶다면서
꼭 붙어 다니며 서로 돕기도 한다.

자꾸만 표현이 천박해진다.
자꾸만 말결이 상스러워진다.

아는 아고 어는 어다.
그런데 자꾸 아니 그러해진다.

비너스 땅콩

안성맞춤 놋접시 위에 놓인 맑은 날씨
꽃노래, 콧노래, 땅콩 한 줌 기품 있다.

삼천포 저잣거리 난전에서
껍질 벗은 땅콩 한 봉지 사 와서 연출한 장면,
돈 만 원으로 유유자적 거리낌 없이
전통 시장과 시장 전통을 즐긴 결과다.

판매자가 비너스 땅콩이라 이름 걸고 외길래
참 산뜻한 이름값이라 생각하고 덥석 샀는데
생땅콩, 찐 땅콩, 삶은 땅콩, 볶은 땅콩,
튀긴 땅콩도 한 봉지씩 살걸 그랬나? 한다.

하여튼 접시가 날개,
껍질 벗은 땅콩은 단박에 평범함을 뛰어넘는다.

살결은 빌렌도르프의 비너스
비율은 밀로의 비너스

맵시는 보티첼리의 비너스

성취 기준 엄격한 지옥 학교에서 보낸
그 값진 한 철의 보신을 받쳐 든 안성맞춤
위기는 이렇게 또 새로운 장르를 만들어낸다!

정월 대보름

모두 태워라!

깊게 때 묻은 것 짙게 피 묻은 것
결단하지 못한 것 끝장내지 못한 것

모두 태워라!

손톱 밑에 소장했던 분노
가슴 속에 수장했던 앙금

모두 태워라!

달을 모셔와 활활 생명의 집 짓나니
개들이 짖어도 좋다, 오늘은 대청소하는 날
섬기며 모시고 살았던 거대한 애증 쓰레기 태우는 날
자연스럽게 길들어 보필했던 적폐 청산하면서
새롭게 더욱 새롭게 대길을 여는 날

하여 야단법석, 함께 불 분수 세우니

퇴장에 대하여 예의를 다하는 장례 풍경 뜨겁구나.

다시 새로워진 공터의 맹세 푸르구나.

폐단들이여, 안녕히!

노동 예찬

삶은
노동으로 이루어지는
숭고하고 장엄한 예술인가?

숨쉬기, 이 신기한 노동.
걷기, 이 놀라운 노동.

숟가락질도 노동, 칼질도 노동,
구함도 노동, 버림도 노동.

검문도 노동, 검색도 노동,
인공지능들에게의 명령도 노동,
걱정도 노동.

당신과의 악수도 노동, 입맞춤도 노동,
건배도 노동, 보살핌도 노동, 헌혈도 노동,
당신과의 모든 일이 노동.

글 읽기도 노동, 글쓰기도 노동,

말하기도 노동, 듣기도 노동, 짓기도 노동,

뜯기도 노동, 모으기도 노동, 뿌리기도 노동,

그리기도 노동, 주기도 노동, 캐기도 노동.

출산도 노동, 육아도 노동,

목욕도 노동, 치장도 노동, 노래도 노동,

강론도 노동, 논쟁도 노동, 칭찬도 노동,

찬미도 노동, 축제도 노동, 여행도 노동.

매혹에의 탐구도 노동,

감탄과 성찰도 노동, 참여도 노동,

치유도 노동, 살아온 나날에의 회고도 노동.

인생이란 노동으로 만드는 형상 시집!

부라보

엘지 냉장고 냉동실에서 꺼낸 부라보콘,
로얄코펜하겐 화이트 엘리먼츠 오블롱 디쉬
그와 함께 장엄하여 팍팍한 날씨 어루만진다.

　　　부라보!

진정한 사랑을 만나면 풍파도 난파도 은파,
그랑프리 같기도 하고 트로피 같기도 한
설판재자 부라보콘 고까 고깔 금란지계다.

　　　富羅寶!

본래 내 마음의 생산자는 본래의 나
본래 내 마음의 재배자도 본래의 나
화도 식히고 한도 삭이며 삶 줄 이어가 보자.

　　　오, 부라보!

12시에 죽마고우와 마주 앉아

유붕자원방래(有朋自遠方來) 불역낙호(不亦樂乎)

고전 독송하는 목련꽃 빛 내가 제1의 연인.

100%

회자정리는 배반이 아니지만
언제라도 떠나갈 이를 위해
100% 섬기고 바칠 수는 없다.

당신은
이 동네 저 동네 뜨내기 장돌뱅이
얻어야 할 것을 얻으면 떠나는 깍쟁이

n분의 1, 이 셈법으로
얇고 옅게 관계망을 두고
보리밥 한 톨로 커다란 잉어 낚고자
실눈으로 줄 서서 간을 보는 사람

이 우주 내 사람의 순도는 100%
이 세계 내 사람의 순정은 100%

불편한 깡통 계좌여 안녕!

제2부

진리에서 오신 분

마침표

비장한 끝을 말하는
이 참깨 다이아몬드 하나

이 끝내주는 영향력에
모두 깨끗하게 끝낸다는 점

잔소리 칵테일

덕준이가 담임과 의논하고 있다.

"외출 좀 할 수 있을까요?"
"왜?"
"잠이 와서 좀 걸으려고요."
"꼭 밖에 나가서 걸어야 해?"
"네."
"걷기 좋은 긴 복도도 있고
 더 넓은 운동장도 있는데?"
"그래도 밖으로 나가면
 더 효과가 있을 것 같습니다."
"아니 왜 그렇게 생각해?"

같은 뜻 다른 단어로 계속하는 대화

또 그 소리, 또 그 소리, 하 참
결론은 외출 불가능하다는 것이다.

덕준이가 웃으면서 마무리한다.
"다음엔 몰래 나가겠습니다!"

편견

춘화현상이라 한다.
춥디추운 겨울을 견뎌야만
꽃 피울 수 있는 운명 말이다.

개나리, 튤립, 백합, 진달래가 그렇다고 한다.
혹독하게 더욱더 혹독하게 시험에 들게 하고
점검하고 심금을 에도록 검토하고 검증하고,
근본의 근본, 중심 중의 중심 거기에 오직
단 한 번 꽃 피울 기회를 주는 이 잔혹한 현상,

그러므로 이 잔혹함은
더욱더 멋진 생을 위한 조연이다.
거룩한 악역이다.
사필귀정이나 권선징악으로는
그 의미를 온전하게 전할 수 없는
이 위대한 악역이
진화를 돕고 멸종을 막는다.

결국 악행도 선행
선행도 악행인가?

구토

유진이가 구토를 한다.
구토는 저항인가?

유진이는 어제
경연 대회에서 고배를 마셨다.
공개적으로 이루어진 대회였는데
관객을 우롱하듯 객석의 채점과는 판이하게
예상외 등위가 정해졌다.

심사가 잘못된 것이다.
애초에 심사 위원 명단을 확인하며
이미 공정한 결과를 기대하지는 않았지만
이리도 엄청나게 공정하지 않다니
어른들의 몹쓸 장난질 더럽고 역겨워
유진이가 구토를 하는가?

심기를 달래고 누르며
아무리 순순히 참아보려고 해도

이 분통을 어찌하는가.

유진이가 구토를 한다.
물 한 모금까지 거부하며 밀어내는
어린 오장육부는 참으로 순정하여
사생결단 불인정을 하고 있는 것이다.

유진이의 자존심이 참으로 믿음직하다.

근성

달마티안을 키운 적 있다.

초롱초롱한 눈을 가진 동네 아이들이
영화 속의 개라고 우리 집으로 구경을 오곤 했다.
엄마나 할머니 등에 업혀 온 꼬마도 있었고
유모차를 타고 와서 한참을 머무른 아가도 있었다.

아무리 수시로 구경을 오는 무리가 있어도
달마티안은 짖지도 않고 사납게 굴지도 않았다.
그저 가만히 점잖게 품위를 지키며 고고하게 앉아
즉위를 기다리는 황태자처럼 구경꾼들을 만족시켰다.

귀엽다, 귀엽다, 어항 같은 거실에서 안고 키우다가
커지는 몸집 탓에 마당 무화과나무 아래 풀어 키우니
탐나는 얼룩송아지 같은 모양으로 급격히 건장해져
오고 가는 사람들의 시선을 끌어당기는 핵이 되었다.

하지만 달마티안은 사냥개 종자!

씨 도둑질은 못 한다고 늘 만약의 흥분으로 인한 불상사

예견하고 경계 태세로 철제 울타리 둘러쳤지만 안심할

수 없어

급기야 인적 드문 농장으로 보냈다가 다시 섬으로 보냈다.

섬 기슭 갯바위에서 유유자적한 달마티안은

현지화 최적화로 가끔 바다사자처럼 보이기도 한다.

놀랍고 안쓰럽지만 성인도 영웅도 여세출이라.

백정

평전은 어느 인생의 부검인가?

누군가에 대하여 누구를 위하여
무슨 의도로 저지른 일인지는 몰라도
입을 놀리듯 펜을 놀린 솜씨 참으로 가차 없다.

작가는 비상한 능력을 지닌 백정인가?

날카로운 펜촉, 그 칼날을 종이 위에 들고
비수 같은 손가락, 그 도끼를 자판 위에 놓고
그 누군가에 대하여 시시콜콜 또 시시콜콜
이야기를 시작하는 외부인은 마치 대변인 같지만
죽은 자가 원했던 일인지는 알 길이 없다.

상상에 의해 왜곡된 듯한 태몽부터
과대평가된 탄생지, 축소된 미성숙과 결점
은폐된 부도덕성과 감추고 싶은 관계들

모두 파헤쳐 미주알고주알 먼지 내고 있다.

아무리 대단하단들 모든 평전은 슬프다.

이미 세상 떠난 이를 이 세상에 내어놓고
업무였는지 업적이었는지 분리하기 힘든
이런저런 행적을 치적이라 받들라지만
애초의 교육 효과에 대한 기대와는 반대로
험하고 궁하고 불온할수록 영웅시되는가?

이름을 남긴 자여, 얼굴을 남긴 자여,
그대는 영원히 백정들의 손바닥 위에 있다.

구조 조정

왕년에는 저 작은 잠자리도
넓적한 독수리 크기였다지?

그러니까 고생대 중기인 실루리아기 중기
약 4억 1천만 년 전, 그 까마득한 시기에는
잠자리를 이길 수 있는 개체가 없었던 덕에
그 몸집은 점점 부풀고, 또 부풀고, 또 부풀었다네.

하지만

중생대에 들자 잠자리를 잡아먹는 새가 등장했다네.
이 새가 작은 모기를 수백 마리 잡아먹는 방식을 버리고
거대한 잠자리 한 마리를 잡아먹는 효율성을 선택하면서
그 거대하던 잠자리들은 어느새 모두 사라져버렸다네.

지구는 임대 주거지라 소유권도 없으니
먹이사슬의 외압과 자구책으로서의 변신,
태풍에 플라타너스 뿌리 뽑혀도

질경이는 납작한 듯 꼿꼿이 서서
흐드러지게 종족 퍼트리고 있네.

지렁이

내 그림 그리기는 이젤이 필요 없어.

나는 흙바닥을 화폭으로 삼아 나를 표현하는 생물,
아무도 거들떠보지 않는 습윤한 흙 속에서 지내다가
비 온 뒤엔 단단한 표면으로도 기어 나와 꿈틀거린다.
나는 깨끗하고 정직한 흙에서 사는 일이 제일 편하고
내가 있을 곳에 있다는 안온한 느낌을 받는지라
질척질척 사방팔방 자유롭게 움직이며 무늬를 만든다.
나 자신의 움직임 그 자체가 그림이랄까?

나는 나 자신이 신의 붓이라고 생각하며
흙을 품고 흙을 지키기 위해 사는 생물,
모래 또는 으깨진 비닐 조각 기타 이물질들로 가득한
불명과 불모의 토양에서도 나는 나의 그림을 그린다.
내가 가장 좋아하는 화가는 나 자신,
눈금에서도 손금에서도 냇물 소리 나게 그림을 그리며
알아서 기는 나날을 보란 듯 당당히 남긴다.

밟히면 꿈틀, 그래서 내 그림은
늘 이 꿈 틀에서 태어나고 있어.

믿는 도끼

믿는 도끼에 발등만 찍히랴?

믿는 도끼는 믿는 자의 발등을 찍으라고 있는 것,
제 억눌린 기고만장 언제 어디서 발휘할까
시시콜콜 호시탐탐 믿는 자의 오장육부까지 노리면서
믿는 도끼는 이 티 저 티 없이 배반을 용기라 미화하며
갈고 닦은 날을 내세워 새로운 영웅 대열에 오를 날을 기
다린다.

자신의 적은 언제나 자신이 키우는 것인가?
믿는 도끼만이 믿는 자의 발등을 알고 있기에
믿는 도끼만이 믿는 자의 발등을 찍을 수 있다.
든든한 혈맹이라 믿고 우호와 비호를 의심 않지만
비위가 상하는 순간 돌연 살상력을 지닌 애물이 된다.

섭섭하면 끝난다는 가설 검증할 필요 없다.
늘 돌보라, 은빛 숨결까지 깊이 정든 이 친구!

자동이체

통장 정리를 하면서 수제비를 연상한다.

거참, 한 치 어김없이 잘도 떼어 간다.
월급은 마치 밀가루 반죽 덩어리 같은 것인가?

위에서 뚝뚝 떼어 가고 아래서 뚝뚝 떼어 가고
왼쪽에서 뚝뚝 오른쪽에서 뚝뚝 떼어 가고
이 단체 저 단체 이 보험사 저 보험사에서 뚝뚝,
남아 있는 것은 아라비아 숫자의 드나듦 그 흔적뿐

세상은 돈으로 펄펄 수제비를 끓이는 가마솥,
사유 자본이 있는 곳에 온갖 의인들이 찾아와
존엄과 자유와 사랑과 박애와의 협업을 호소하는데
그 모두가 다 헌금을 성사시키기 위한 전략일 테니

달콤함과 씁쓸함 사이 조화와 균형을 꾀하며
순진하게 흔쾌히 뚝뚝 떼어 주는 앙상한 귀골,
통장 정리를 하면서 수제비만 떠오르겠는가?
거국적 생각, 국제 연합 연대권까지도 떠오른다.

멀미

멀미에는 귀천이 없다.

너울너울 파도를 타고 출항하면서 뽐내고 장담하며 자신만만했던 유스티티아도 멀미, 백설 공주와 일곱 난쟁이도 멀미, 빨강머리 앤도 멀미, 백조 왕자도 멀미, 반달곰도 멀미, 셰퍼드도 스피츠도 포메라니안도 멀미, 도라지꽃도 멀미, 글라디올러스도 멀미.

멀미에는 우대도 없고 차별도 없고 외모지상주의도 없고 빈부격차도 없다. 학력과 학벌도 영향력이 없고, 참한 인성도 반듯한 품성도 소용없고, 값비싼 품종이라는 희소성도, 색으로도 향으로도, 기부와 봉사, 사회 공헌 이력도, 알아서 봐주는 일이 없다.

거친 파도의 도마 위 격동의 천부생명권, 그 존엄성 외에 교양을 첨가하고 철학을 장식하고 의상과 장신구를 달리하며 층층 분류한 계급과 계층 구별 짓기가 사라진 극한 상황

에서는 현장 경험으로 단련된 면역 체질만이 존재의 격을
수호하는구나.

모두들 멀미 앞에는 평등한가.

규정집

규정집이 왔다.

이제 나는 오로지 규정대로 말하고 규정대로 모이고 규정대로 흩어지고 규정대로 숨 쉬고 규정대로 먹고 규정대로 쉬고 규정에 없는 일은 해서는 안 된다. 규정집 안에서 꿈꾸어야 하고 규정집 안에서 사랑해야 하며 규정집 바깥의 어떤 것도 수용해선 안 된다. 규정집은 내용과 범위 그리고 절차의 악보, 단칼로 치장한 담장, 점 하나도 어김없는 거푸집, 판박이 공장이다. 규정대로 태어나 규정대로 교육 받고 규정대로 성장하여 규정대로 짝짓기하고 규정을 두고 아웅다웅하다가 규정대로 늙어 규정대로 사망해야 할판 말이다. 사망 후는 또 어떤가? 역시 규정대로 장례식을 치르고 매장되거나 흩뿌려진다. 사후조차 규정에 의해 관리된다.

늘 긍정하는 아이히만이 승진할 것이다.
투덜투덜!

건배하는 튤립

인생은 짧고 논란은 길다.

물 한 모금 같은 인생, 구름 한 조각 같은 인생, 소금 한
자루 같은 인생, 거대한 건축물 같은 인생, 혹은 얼어 죽을,
말라 죽을, 지옥 갈, 천국 갈, 극락 갈, 법 없어도 살, 등등
의 수식어가 붙는 인생

하지만 진정 최강 고수는 두문불출, 신발에 거미줄 가득
한 이유조차 함구 중이라.

그래서 세상은 오늘도 옥신각신!

진리에서 오신 분

당신은 내 안에
거대한 꽃불을 지펴주는 찬란한 불꽃이다.

스스로를 스스로의 등불로 여기라 불붙여주는
당신 빛의 정의로움으로 내 힘써 숙고하며 염두를 씻고
나의 원형질로 당신의 심혈을 안아 새기니
나는 당신의 기쁨, 당신은 나의 기쁨!

어제와 다름없는 오늘의 지상인데 갑자기 이 시간 마음
불편한 세속이 사라지고 없다. 나를 다독이며 키우는 빛나
는 시간만이 태양의 슬하를 달린다. 당신을 만난 덕이다.
　당신에게서 나는 흙의 향기를 맡고 진흙 속에서도 꽃향
기가 나도록 혼을 건드려 휴식을 가져다주는 편안한 은혜
를 입는다. 슬프고 아찔한 나날들은 어딘지 모르는 곳으로
훌훌 떠나갔다. 당신을 만난 덕이다.
　만남의 축복 가득한 시간이 거대한 전설의 유적을 품고
있는 푸른 바다로 출렁인다. 보랏빛 그리움을 지닌 호수가
숨어 있는 정령의 숲, 그 숲으로 스며든 새벽의 색을 받아

품는 나의 이마, 진한 사랑의 언어를 대신하며 구곡간장을 녹이도록 훤하다. 당신을 만난 덕이다.

내 생애 성체를 말해주는 불꽃으로 격조 높은 이 모든 순간, 사랑으로 두근거리는 심장이 나를 연소시킨다. 이따금은 하염없는 꽃잎 숭고한 눈꽃으로 화사한 정원을 만들기도 한다. 당신을 만난 덕이다.

안개 속 같기도 하고 이슬 속 같기도 하고 구름 속 같기도 한 건강한 당신의 연둣빛 평화, 기적이 왔다가 안착하는 동안 그 평화는 작은 별 은하수를 건너며 나풀나풀 날기도 한다. 처음 만난 그 야성 그 표현의 매혹, 이렇게 나비 떼로 날아와 내 안에 큰 집 지으며 화려함 펼치기도 하는데,

달빛을 들이마시는 은은한 진주의 표면을 대하듯 그렇게 부드러운 사랑의 인사를 사랑하며 나는 무한정의 진정을 끌어안고 있다. 이 진정이야말로 내가 당신을 내 안 깊은 곳에 모실 수밖에 없는 까닭을 운명으로 바꾸는 고귀한 마법을 보살펴준다. 이 보살핌, 묵은 시간마저 헛된 것이 아니라 쇄신의 양분이었다며 새롭게 나를 작동하여 동작하게 하는 참으로 극진한 기력 아닌가.

모두 당신 덕이다. 나를 찾아낸 당신 덕분에 나는 감격과 환희 속에서 나, 오래오래 이 생명에 감탄하며 싱그럽게 저 너머로 또 넘어서겠다.

제3부

심청 보림

가위

이 길도 치렁치렁하고
저 길도 치렁치렁하다.

오직 그대 절창의 처소
햇빛이 발톱 위에 공손히 와서
불가설 물결무늬 올리니

이 자락도 군더더기
저 자락도 군더더기

잔망한 측과 섶을 자른다.
그리고 합장
매서운 정오다!

개 같은 로봇

헤아리는 영역의 바깥,

호모 사피엔스와 상호작용이 힘든 당신은
왈가왈부 피 끓는 호모 사피엔스 인류들을 밀어내고
인공의 체온을 장착한 개 같은 로봇을 안고 다닌다.

언제 배반할지 모르는 호모 사피엔스는 불안하고
위신과 품격을 중시하는 호모 사피엔스는 불편하고
성찰과 참회 반복으로 더욱 복잡해진 호모 사피엔스는
깊은 관계 맺고 우후죽순 알게 되면 결국 다치고 망쳐
개 같은 로봇에게나 순정한 위안을 구하는가?

살아 있는 동족과는 버럭 부르르 물고 뜯고 싸우면서
존재하지도 않는 존재들, 그 망령 허상에는 격렬하게
빛나는 재물과 하나뿐인 목숨, 영혼까지 바쳐가며
숭배하는 작용과 부작용 끝에서의 백색 마술 흑색 마술

사랑하며 헌신했으나 끝끝내 회자정리라 하니

속절없는 당신의 선택은 이런 개 같은 선택인가?

이런 개 같은!

하늘을 가득 메운 경고

처음엔 나의 시력 때문인 줄 알았다.
비벼도, 비벼도, 맑아지지 않는 눈앞에서
턱 버틴 자욱함은
안개도 아니고 구름도 아니고 미세 먼지,
먼 어딘가에서 날아온 황사다.

달의 그림자가 해를 가린 일도 아니고
가해자는 없다는데 피해자만 많은
이 이상한 자연현상은 철마다 날마다 낯설다.

굴뚝에서 나오는 시커먼 연기를 몰아내기 위해
굴뚝 없는 세상을 건설한 우리가 겪는 재앙이
아파트 옥상에 자동차 지붕 위에 정원 잔디밭에
소복소복 저벅저벅 쌓였다가 바람에 나부끼고
너의 입술 위에 나의 입술 위에 짭짤하게 붙어
간신히 몸만 빠져나갈 수 있는 통로에서 일하던
탄광 노동자의 하루를 격하게 겪도록 하고 있다.

그을음 없는 산업,

해로운 가루 날리지 않는 산업,

언제나 사람을 향한다는 철학,

온갖 휴머니즘으로 세상을 맑고 밝게

온 누리 환하고 훤하게 한다지만

열악하기는 예전과 별다르지 않다.

마천루 동서남북 상하좌우 안

우리 속에 사는 우리조차도 미세 먼지!

황금 언덕의 시

한 여자가 걸어간다.
이 지상에 도착한 복잡한 하오의 표면을
자신의 하이힐 굽으로 똑 똑 똑 두드리고 있다.

거대한 성문처럼 지표가 열리고
그 내부에서 인디아나 존스의 발굴 같은
기적이 줄 줄 줄 나올 것 같은 예감이다.

겹겹의 우주가 쌓여 있는 층층의 신비주의
정령이 에워싸고 있는 이 세상의 핵 가운데 핵
씨앗처럼 그녀는 북두를 조금 빗겨 난 위치에서
사랑으로 가득한 두루마리, 그 영혼의 소슬 기둥
자주적으로 곧추선 시곗바늘처럼 움직이고 있다.

초가을 황금 언덕을 오르는 그녀는
지금, 이 순간을 기념하는 한 그루의 신단수다.
에르메스 핸드백을 든 별자리 같기도 한 듯

지체 높게 나아갈 길을 걸어가는 백두의 사제다.

그녀의 진주산 비단 목도리가
그녀의 날개처럼 살아 펄럭인다.

비로소 찬란한
절정의 때를 만나고 있는 그녀의 숨결이
보란 듯 이 세상 정면 잠금장치를 푸는 시간
유서 깊은 파텍 필립의 침향을 더한다.

신림 같은 황금 언덕을 걸어가는 그녀
우주의 태극 원반 위에서 세수하고
탁족도 그리던 그 지문으로 맞은
행복한 오늘!

받침

나의 모습을 만드는 건 받침이다.
받침은 존재를 형용하는 신발이다.

꼿꼿한 나
꼳꼳한 나
꼿꼿한 나
꼳꼳한 나

더할 나위 없이 꽃꽃한 나

이렇게 맞춤법을 지키거나
일탈하는 나의 모습 가운데
꼿꼿한 나의 모습이
진정 새로운 나를 떠올리게 하니까
꼿꼿한 나의 모습 뒤에는
늘 사랑과 측은지심이 배경이다.

그래서일까?

맞춤법에 맞아야만 모범이라는
기존 명제에서 벗어나고픈
내 꼿꼿하고 꼿꼿한 역량의
무수한 수사학이 고개를 든다.

이제껏, 그 무엇으로도 형언할 수 없다고
내 앞의 숱한 일들에 대하여
미사여구 절제하며 살아왔는데
들여다보니 현재의 맞춤법 안은
너무나도 비좁고 배타적이다.

받침이 나를 받쳐주는
그 일정한 범위와 범례만이
가장 정상적인 범주라고
예외 없이 끄덕끄덕한 결과
쳇바퀴의 수사학 그 되풀이와
찐득찐득한 뒤풀이의 만담 수사학
각주의 수사학들이 행패 부리듯

꽹과리 소리나 요란히 내며 판쳤는가.

거기 얼마나 무책임한 목표와 의식들이
득실거리고 있는지
거기 얼마나 불필요한 지적과 허례들이
우글거리고 있는지
감히 짐작도 못 하도록
절대적 맞춤법 준법정신 마춰했지만

지금까지 어김없이
정석과 표준, 보통과 평균 존중하고
어디에 무엇에 아무개를 위해 복무해온
그 상식으로는
유지 존속 함정 속에 매몰될지 몰라
이 꼿꼿한 순간,
샘물 같은 의문과 질문이
온몸을 자박자박 건드린다.

새 아침이 밝아오는 창가에서

마주 보는 내 책상과 세상

내진 구조처럼 떠받치고 있는 받침

꼿꼿한 꼿꼿함

나는 꼿꼿한 정상이다!

의자들

의자를 보면 앉고 싶은가?
이 시간까지 걸어온 나는 그렇다.

훈고와 아류와 계율과 학연 지연을 박차고
맨발로 걷고 또 걸어온 나의 뼈대를 쓰다듬으며
솥에 쌀을 안치듯 의자에 나를 앉힌다.

이 시간까지 수많았던 나의 의자들이여,
봄볕 꽃눈 가득 내린 공원, 은행잎 노란 버스 정류장,
긴 철길 소실점 거기까지 그리움과 기다림을 가르치던
무심한 간이역, 먼 데 응시하며 기원하던 바닷가 언덕,
그 의자들이여, 의지와 충심을 알아주던 교실과 강의실,
그 의자들의 명민함이여, 의젓하고 고상한 신념들이여,

의자에 앉을 때마다 나는 의장
가끔은 의자에 앉으려고 뛰어 난!

버스 정류장

버스 정류장은 간이 전각,
햇볕이 물리 치료를 해주는 휴양소
가끔 가만히 앉아서 쉰다.

가로등과 CCTV, 은행과 빵집,
그 옆엔 덩굴장미와 감나무, 석류나무
그 가지가지가 복스러운 집들이 있고,
무화과나무 가지며 은목서 금목서 향이
벽돌 담장을 넘어 나긋나긋 나오는
베르사유 닮은 비밀의 정원도 있어서
나는 이 모두를 놀이터라 여기며
버스 정류장에 앉아 시간을 보낸다.

가로수 가득한 지상에 앉아
산소를 마시며 햇볕과 뜻 맞으면
가만히 시간을 보내는 일에 대하여
무척 어리석게 여겼던 지난날의 나를

토닥토닥 어루만지며 시간을 보낸다.

잠시의 정처, 정류장 벤치
노선과 구간을 정한 법률
혹은 조례를 생각하고
그것들을 만든 사람들의
지성이나 권력을 생각하고
그것들의 효율성과 기능 등
여러 모를 생각한다.

보온병 속에서 따뜻함을 지킨
커피 한 잔을 꺼내 마시며
내가 선택한 노선과 구간과
갖가지 편익을 생각한다.

버스 정류장에 앉아
지나가는 버스를 바라보면서

버스를 타고 좀 더 멀리
소풍을 가볼까 생각하기도 한다.

햇볕으로부터 마사지를 받고
햇살로부터 메시지를 받으며
한껏 여유를 찾아
복되게 누릴 일에 대해
생각하며 웃어보기도 한다.

버스 정류장에 앉아
만사에 대하여 만감으로 시간을 보낸다.
전각 같은 버스 정류장에서 즐기는
이 편안한 풍류

곧 한 소식 오리라!

종가

나도 종손이다!

나는 착한 문 열이 딸,
살림 밑천이라는 수식어가 붙는 큰딸,
장녀이기만 하고 장손이 될 수는 없는가?

아무리 공든 탑 선덕 탑을 쌓아도
결코 종손은 될 수 없는가?
그리 불릴 수도 없는가?

한 오백 년 가부장제도 그 종법 타파,
흥부를 주인공으로 하여 종손 놀부를 조준해
소설 속에서나 허구에 기대어 격파하지만
그래 봤자 하극상, 비주류의 카타르시스!

구시대적 유물, 종손이라는 벼슬 아닌 벼슬은
박살 혁신 폐기 처분해도 여전히 멀쩡하다.

장남 장손 종손은 하늘이 내린다고 하니

종손, 이 빼어나게 묵직한 이름의 위상
몹시 질투 나는구나.

그러함에도 불구하고
종자에 대한 사랑이 깊은 내 관대함 때문인가?
종손은 단군 같고 해모수 같고 혁거세 같다.

종의 기원에서 종의 종말까지의 대서사
순종 순혈주의 선배 종자에 대놓고
때때로 버럭버럭 성내며 고함 질러도
그 귀한 씨를 말리자는 건 아니고

내 태생과 승계의 정통성
숭고한 창업 토착 신화의 상표,
종가는 종자의 본가 중의 본가라.

유자의 달

11월 중순 시제 철, 음력으로는 10월이다.

우리 집 유자나무에 유자가 샛노랗다.
멀리서 바라보는 열나흘 달덩이 크기
소원등 올린 듯 일곱 존자가 환하다.

행여 멸종할까, 종자 보전한다 심었더니
이렇게 어여쁜 순산으로 방긋 보답하는가.

갸륵한 열매, 자손만대 번창을 화두로 화목한
우리 시제에 어울리는 칠불 황금알 닮은 성물이라,
오래전 돌아가신 할아버지들과 할머니들 제단에
술과 함께 정성을 다해 올려놓는다.

　　"유세차, 저희는 할아버지들 할머니들 그리워하
는 마음으로 이 자리에 모였나이다. 엎드려 절 올리
며 저희 후손들이 모두 할아버지들 할머니들 음덕으
로 올 한 해 무탈하게 지낸 일 감사드리옵니다. 앞으

로도 해마다 우리 후손들이 늘어나서 서로 한 핏줄
임을 확인하며 혈육의 정을 다지는 이 자리를 이어
가도록 잘 지켜주시고 돌보아 주시옵소서. 오늘 저
희가 정성껏 올리는 술과 음식들을 할아버지들 할머
니들 모두 미쁘게 받아들이시고 너그러이 흠향하시
옵소서."

나의 근본, 할아버지들 할머니들 그 신성처럼
단군에서 오늘까지 황금 칼의 나라 제단에
천상천하 유아독존, 나도 함께 올린다.

나는 향, 나는 꽃, 나는 등불.
범 우주 자연산!

마상청앵도

단원 김홍도 선생께서 그리신
〈마상청앵도(馬上聽鶯圖)〉를 바라본다.

말의 등은 매우 따뜻한 고위평탄면이다.
마치 온돌을 장착하고 움직이는 의자처럼
혹은 안마 기능을 추가한 마력의 방석처럼

말 위에서 꾀꼬리 소리를 듣는 여유가 심상찮은데
직임에서 물러나고서야 얻었다는 서글픈 역설 탓인지
허무를 상상하는 여러 갈래 가슴에 큰 울림을 준다.

꿈에도 그릴 수 없는 높은 자리
꿈에나 그릴 수 있는 높은 자리

늘 몸과 마음과 영혼의 건강을 생각하며
나를 향해 나 스스로 응원하고 격려하는 나는
직성을 풀면서 장대히 이 그림 속 흙길로 걸어 들어가

말 위에 탄 선비가 올려다보는 나무로 선다.

격동의 충정 안에서 일어난 침식과 퇴적이
이렇게 우아한 명작으로 융기했구나.

수칙과 준수에서 물러나 환향하는 길
그간의 군계일학 수고 모두 알고 있다는 건가?
마음 적시며 천지신명 산천초목과 함께 자축!

연꽃이 피어 있는 책상

여기, 낙서 가득한 책상이 있다,
연못 위에 피어 떠 있는 연꽃처럼.

1986년 미국 기업가협회가 발표한
'기업가 신조'에 기업가의 특징이 잘 요약되어 있다.
'나는 평범한 사람이 되는 것을 거부한다.'
'나는 안정보다는 기회를 택한다.'
'나는 계산된 위험을 단행할 것이고 꿈꾸는 것을 실
천하고 건설하며, 또 실패하고 성공하기를 원한다.'
'나는 보장된 삶보다는 삶에 대한 도전을 선택한다.'
'나는 유토피아의 생기 없는 고요함이 아니라 성
취의 전율을 원한다.'
'나는 어떤 권력자 앞에서도 굴복하지 않을 것이
며, 어떤 위협 앞에서도 굽히지 않을 것이다. 자부심
을 가지고, 두려움 없이 당당하게 몸을 세우고, 스스
로 생각하고 행동하고, 내가 창조한 것의 결과를 만
끽하고 '하느님의 도움'으로 세계를 향해 이 일을 달

성한다.'

(김용삼, 한강의 기적과 기업가 정신, 프리이코노
미스쿨, 2015. pp.24-25.)

어쩌면, 이렇게 진지한 낙서는
한때 이 자리에 앉아 공부한
어린 나그네의 심상일 것이다.
한 땀 한 땀 한 수 한 수
소신을 새긴 일이기도 하니 말이다.

풍등을 날리는 마음이 가득 담긴
한 문장 또 한 문장
결심을 결재하는 단호한 필체가
낙서를 읽는 나의 손목을 잡는다.

글자들이 펄펄 끓는지 뜨겁다.
수증기 위로 잠시 돌물레가 스친다.

심청 보림

이 세상 떠날 땐 수행력만 같이 갑니다.

인당수,
이 물 무덤이야말로 인가받는 등용문인가요.

하르르! 봄날 나비 같은 내 온몸을
휘모리장단 소용돌이 속에 기꺼이 내던집니다.

소원과 함께
나를 모두 다 내던져야만 응접
묘각으로 친견하신다는 순간이
바로 지금입니다.

진입하려면
내 꿈과 오장육부 생애 그리고 운명,
그 어느 것 하나도 빠뜨림 없이
버리듯 내놓으라는 속삭임
오지랖에 담습니다.

등극하려면
그렇게 통째로 복채를 내고 다짐하라 하니,
이 세상 건너가는 진정한 통행세는 굳은 맹세,
그 교묘하고 심상찮은 의례들 참 많기도 합니다.

이 순정한 고독의 외길
이 금강의 고집과 쓸모에 대하여
세세히 확인하는 측근들의 감찰이야말로
생생한 응원, 소스라치게 값진 증명입니다.

마침내 나는
이 바닥을 지나 이 바다를 뛰어넘어
죽을 자린 줄 알고도 활기로 전진하나니
가슴속에 천만 개의 꽃눈을 품고 사는
불사신이라, 커다란 하늘과 천층만층
비밀 많은 우주가 선물로 들이닥칠 겁니다.

효심과 성심과 충심으로
웅장한 천심의 뚜껑을 열고

정중하고 신중하게
내 척추에 장엄으로 지닐 히말라야
사나운 파도를 배 같은 버선으로 신고
저 너머로, 저 너머로 건너가야지요.

햇빛이여, 고귀하게 이 세상에 온
왕 꽃숭어리 이 지엄한 연등에 회전 날개 달아
뜨겁게 기치를 올려주세요.

나는 나의 입법자
나는 나의 찬미자

여기도 소경 저기도 소경인 무명 소굴
눈멀었다고 헤매다 분통 터져 죽겠습니까?
당달봉사, 청맹과니, 마음의 장님들
쨍하고 눈뜨는 완성으로 회향합니다!

CCTV

폐쇄회로 텔레비전은 사초다.

오후 9시 10분,
컴컴한 공원 시계탑의 바늘을 바라보며
한 여자가 서 있다.

그 앞으로
전조등을 환하게 켠 자동차 한 대가
쏜살같이 달려온다.

자동차는
여자를 발견하고
더욱더 힘차게 달려와서 멈춘다.

어두운 세상에 홀로 밝은
전조등 앞에 서 있는 자유의 여신상 같은 여자는
자동차를 향해 오른팔을 번쩍 들어 올린 후
향기 나게 익은 복숭앗빛 손을 흔든다.

자동차에도 여자의 옷차림에도
설렘이 일렁인다.

조금 들뜬 분위기의 상공에
엷은 안개가 운치를 살려내고 있다.

남자와 여자는
서로에 대해 앎이 거의 없다.

연인 사이에서 나타나는 초기 증상,
즉 충실한 배려와 조심성
그리고 은유법에 기대어 말하는
포괄적인 암시 등등
매우 바람직한 두 인물 그림이
생생하게 살아 움직인다.

어느 연인이든
첫 데이트 때 가장 가깝다.

만나고 또 만나고 하면서
자꾸만 친밀해지는 것 같지만,
만남의 횟수가 증가한다고,
서로에 대해 알아가는 것이 많아진다고,
간극이 사라져가는 것은 아니다.

사랑에 빠진다고 하지만, 연인들은
알아갈수록 모르는 것이 더 많아지고
섭섭함 또한 증가한다.

많은 말들을 쏟아내 널어놓으며
자신을 증명하려고 하면 할수록 달아나는 마음,
시큰둥해진다.

갈증의 시작이 갈등을 낳고
소유냐 존재냐 하며 불편해진다.

서로의 현재에 충실한 이 연인은
지금 눈앞의 기회를 놓치지 않고

서로를 쓰다듬는다.

마음 안팎에 어떤 장애물도 없다.
이렇게 기분 좋은 역사를 쓰는
이 눈동자 앞에서 이들은 가식이 없다.

이런 아름다움을 지켜보는
영광의 순간이 어디 또 있고 또 있으랴.

부디 때 묻지 마라,
애착이 가득한 현장에서
존재의 그윽함을 기록하며

두근두근!

제4부

파란 코끼리의 나라

포스터

포스터를 보고 있자니
부적 같다는 생각이 든다.

벽면에 붙은 부적을 보면서는
포스터 같다는 생각이 든다.

에밀레종 소리 무늬

대한민국 국립경주박물관에서
에밀레종 그 아름다운 소리를 듣는다.

　오늘도 고고하게 자신을 믿어보아요. 당신은 열정
도 가득하고 능력도 탁월합니다. 당신은 목표도 크
고 자부심도 하늘을 찌릅니다. 당신을 뭉개려는 이
런 악법 저런 악법이 수시로 색색 종이처럼 흩날렸
지만, 오히려 그 씁쓸한 날들을 무심하게 견뎌냈기
에 당신이 수확할 열매는 더욱더 탐스러워지고 있어
요. 게다가 당신은 뼈대가 굵고 배포가 커서 계속 달
려가도 지치지 않을 것이니, 전망을 알 수 없던 지난
날 그 허무의 협곡 같던 무례한 사슬들은 이제 맥을
못 출 겁니다. 지금은 찬란히 빛날 미래만이 행운의
악보와 함께 '열려라, 인당!' 문 앞에 서 있지요. 흔
쾌히 뿌린 대로 거대한 파문의 보답이 줄을 이어 올
것입니다. 그 중후한 결실, 당신이 이루고자 하면 이
룹니다. 당신은 이미 이루고 있습니다.

에밀레종, 그 안에서 걸어 나와 방울방울
거룩한 기운으로 날아다니는 말씀의 법연
용뉴에서부터 비천까지 과연 화통!

눈

참 빛나는 입구다.

검거나 파랗거나 초록이거나
태어나 처음 보는 어떤 색깔이라 해도
나를 향해 그대를 여는 신호는 아름다워
진기한 체험 통로로 들어가는 뇌의 문이다.

관심도, 연심도, 일심동체도
여기서부터 출발하는 것이라
야망과 지향 그리고 숱한 교만 등 속셈도
유기적인 통일체를 구성하는 한 부분이므로
여기가 맞다 하면 궁합도 뜨겁게 맞을 것이다.

오묘한 동공 속의 은파
공동체 의식의 거처!

해인사역

성취하소서!
내일의 내 마음에게 지금의 내 마음이
팔만대장경 실은 수다라장으로 움직입니다.

사바세계 남섬부주 동양 대한민국 가야산
법보종찰 해인사 국사단 정견모주 할머니
흙과 쑥잎의 귀에 대고 햇살 소리 길 엽니다.

나무아미타불 고려 관음보살 고려 지장보살
그 장엄한 비밀 불복장 연화장세계 해탈지견향
시대 마루 시대 행보 한국유사 세계유사 성지

언제 뵐까요? 해인사역에서
가장 높고 가장 존귀하게 먼 길 가는 수레 우주
나를 바로 보는 마중 나오세요.

옴 아모카 바이로차나 마하 무드라
마니 파드마 즈바라 프라바를타야 훔!

새 선 바위

할아버지 같은 와룡산 그 최고봉 새 선 바위
어마어마한 수마의 범람에도 불굴 직립했다는
이 전설은 으리으리한 무형의 마애불인가?

"자신을 섬으로 삼고 자기를 의지하라!"
— 붓다의 말씀

새섬봉이라고도 하는 극한 극점 거기 서 있던
그 새는 누구였을까, 갖은 궁금증 북적대는
산정에서 숨 쉬다 보면 새 소리 바람 소리
꽃봉오리 산봉우리 마주 보며 담소하는 듯
공기 방울 원자 분자 자업자득 저울에 달며
천천히 걸어서 여기까지 성취하신 분,

바나나 속살 빛깔로 부드러운 낮달에 눌려
기운 센 대낮의 산맥은 푸르게 엎드려 있고
풍화된 할아버지의 직성일까, 기암괴석이
문자 없는 시대 마음 새긴 진리의 경판인 듯

지구 체험 학습 수료증, 민무늬 감사비인 듯.

어떤 홍수에도 어떤 침수에도 살아남아서
자기 자신을 섬으로 삼고 정진하는 등불,
그 금강 기백과 낭중지추 혼 염두에 모시고
슬하의 건강한 설화들 날마다 정대 불사다.

자전거를 타고 가는 하수오

오이꽃 호박꽃 등 긁어주는 초록 담장 옆에
서사시를 쓰는 만년필 촉처럼 자기를 노출한
역류성 축원 함유한 칠흑 발복의 개요

어찌 하(何), 머리 수(首), 까마귀 오(烏)

　　　　백발의 왕관을 내려놓아라!

금의환향 기마병처럼 하늘을 찌르는 사기
뾰족한 수, 연둣빛 덩굴 첫 가닥 그 야성
굴삭 물레 돌리듯 가락바퀴 자발성 무구하다.

　　　　백발의 왕관을 내려놓아라!

양성 주광 그 본성 피리 불듯 입에 물고
지표에 나란히 놓인 두 개의 고리 행성 위
미로로 가는 페가수스 안장 장착한 의자 아래
역행하는 시간의 색채 그 마술의 침출

과연 시공을 거스르는 부라보 흑발심,
티 없는 역모다.

사랑한다 KAI

우리 동네에 KAI가 있다.

한국항공우주산업주식회사,
KAI라고 하면 그 발음 더욱 정겨워서
경상도 사투리로 마음의 기치를 올릴 수 있다.

가령,

이 보라 KAI
사랑한다 KAI
하늘이 돕는다 KAI

반드시 이기라 KAI
힘차게 날아오르라 KAI
우주로 가자 KAI

우리가 함께하면서 만드는 목소리
그 가락 그 무늬 모두가 힘이라 카이

니가 그 카이 참말로 좋다 카이!

탱고 원피스

붉은 치마라는 단어도 무슨 기호 같고 인상적이지만
탱고 원피스라고 하니 더욱더 강렬하고 진취적이다.

붉은 치마는 감각적으로 붉은색 천을 떠올리게 하지만
탱고 원피스는 색을 넘어 진지하게 많은 생각을 하게 한
다.

가령,

태양을 생각하게 하고 격정을 생각하게 하고
분출을 생각하게 하고 여행을 생각하게 하고
열정을 생각하게 하고 애수를 생각하게 하고
고혹을 생각하게 하고 유혹을 생각하게 하고
문화를 생각하게 하고 자유를 생각하게 한다.

그러니,

개명과 별명과 예명과 가명이 있는 것 같다.

아이디와 아바타 또한 이런 맥락에서 보면

여러 개의 삶을 사는 기쁨을 누리도록 돕는

매우 함축적이고 경제적이며 도전적인 분업이다.

포도주도 좋고 코냑이라는 단어도 마음을 사로잡지만

루이 13세, 이 명명이야말로 가히 절대적이지 않은가.

시원한 자메이카 블루마운틴

광장으로 나가자!

나는 얼음,
나는 오랜 기간 격리되어 누구와도 어울리기 어려운데
오늘은 뜨거운 커피 한 잔이 나랑 놀자며 상냥하다.

물론 그 끝이란 전부 다 녹는 것이기는 하지만
나를 녹여보겠다는 이런 시도는 얼마나 특별한가 말이다.
결국 나는 당신도 믿는 윤회를 담보하는 존재인가?
하여간 나는 그 잔 속으로 나를 제법 보란 듯이 빠뜨린다.

영혼의 운반자 같은 눈으로 배처럼 둥둥 떠 있다가
영혼의 모험가가 되어 커피의 영혼 속으로 노 저어 간다.

평화로운 표면을 모질고 격하게 푹 찔러
열정 한가운데를 휘익 감아올리면 첩첩 일렁일렁
향기는 더욱더 천지간을 진동하고 기품 가득 차가운

극락의 꿈이 이루어지고 있다.

그 내용을 지지하는 우리는 서로에게 정성을 다해 섞인다.
나는 당신에게 영원히 기억되는 맛있는 놀라움을 주기
위해
오래도록 차가움을 유지하려고 심장을 사뿐히 오므린다.

더없이 그윽한 융합, 깊고 참한 관계가 만든 맛은
애초의 출신 성분과 이미 알려진 요소 등으로는 분석 불
가능,
어떤 것도 첨가하지 않았는데 이 유리잔 속에서 창조된
이 맛
경의를 표하며 허심탄회 진심과 진정이 만들어낸 이 맛.
강력한 신뢰와 결속이 창조한 시원한 독특함이여.

소통과 화합이 제일이다.
우리 나아갈 길 뻥 뚫려라!

오이 냉국수

음식은 외교관이다.
음식은 마음을 번역해준다.

나를 향해 출발한 그대를 참하게 맞이하기 위해
내가 지금부터 티 내는 일,

　1. 오이 한 개, 양파 반의반 쪽, 간장 한 큰술, 설탕 한 큰
술, 식초 한 큰술, 먹을 만큼의 소면, 채 썬 김 약간, 참기름
한 방울 준비하는 설렘.
　2. 차가운 다시마 국물 네 컵, 간장 반 큰술, 소금 작은술
의 반, 설탕 두 큰술, 식초 세 큰술, 고춧가루 작은술 하나,
송송 썬 파 한 큰술, 마늘 한 쪽 준비하는 설렘.

　그리고 이하 다음과 같이 땀 흘리는 상세한 동작,

　오이 한 개는 동그랗게 썰고 양파 반의반 쪽은 채를 썬
다. 여기에 간장 한 큰술 넣고, 설탕 한 큰술 넣고, 식초 한
큰술 더한 다음 양념하여 30분 정도 가만히 둔다. 위의 존

자들이 고루고루 사귀며 정들일 수 있도록 시간을 준다. 시간이 지나면 준비해둔 차가운 다시마 국물을 앞서 양념한 오이에 붓는다. 뜨겁게 불을 켜 펄펄 소면을 삶은 후 얼음물에 헹군다. 헹군 소면을 건져 올려 작은 참외 하나 크기로 돌돌 말아 물기를 뺀다. 물기를 뺀 소면을 백자 소면기에 담은 후 여기에 차가운 다시마 국물을 붓는다. 먹기 직전, 취향에 따라 채 썬 김이나 참기름 한 방울을 얹는다. 참기름 한 방울은 소독제이자 향수다.

냉정한 맛의 오이 냉국수가
우리의 수교를 도울 것이다.
젓가락으로 집어 드는 국수 가락이
다~라~라~라~라~ 가락이 되어
그대마저 통째로 들어 올릴 것이니
그대가 하늘을 날더라도 놀랄 일은 없다.

그대도 이미 귀신같이 알고 있다!

겨우살이

겨우살이는 탁발승 같다.

암 예방에 좋다 하니, 효능이야 가히 떠받들어 모실 일이지만, 한동안 그의 생애를 조금 얄밉다고 생각했었다. 왜냐하면, 겨우살이는 뿌리 깊은 나무에 뿌리를 내린다. 거대한 모체에 기숙하며 힘과 지혜를 기른다. 굳건한 본체의 영향을 받아 자신의 본체를 가꾼다. 좋게 표현하면 거인의 어깨 위에 지혜롭게 걸터앉은 것이지만, 나쁘게 표현하면 큰 노력 않고 기생하는 것 같으니 말이다.

수월하게 얹혀살면서 제 할 짓 다 하는, 멀리서 보면 나무 위에 얹힌 축구공 같은 둥그런 녹황색 까치집 형상을 하고 있다. 지닌 것도 없으면서 격조 높은 마천루 그 숲속 아랫것들 내려다보며 해먹에 누워 흔들흔들 거드름 피우는 듯, 그때그때 살 만한 자리 찾아 동냥 또 동냥, 그렇게 남의 덕에 살아내는 듯, 그의 생애 고운 시선으로 바라보며 진심으로 응원하기란 얼마나 어려운 일인가.

하지만,

겨우살이 그에게 괴씸죄를 적용하지는 않으려 한다.

그 잔혹한 흡혈 징수가 허업이 아니라니, 요모조모 널리 생명을 이롭게 한다는 설이라니, 생각을 좀 바꾸어야 한다는 생각이 든다. 참나무, 물오리나무, 밤나무, 팽나무, 그 불굴의 힘과 조용히 호령하는 강성을 자신의 내면에 깊이 차례차례 이식한 후, 걸식한 밥을 모든 중생에게 베푸는 성자처럼 남의 보시를 헛되이 하지 않음 그 효능에서 만나니, 겨우살이 그 기생의 삶은 덕을 저장하는 삶이었는가 싶기도 하다. 자신의 즙으로 인간에게 이바지할 준비 작업으로 저 높은 곳에서 거목의 즙을 빨아먹으며 몸집을 불리고 있는 것이라면 그런 일에 대한 용납은 미담이 될 수도 있겠다.

그 뜻이 높고 미쁘다.
보살행이다.

색연필로 지은 밥

마음을 허공같이 하고
언어유희로 피로를 푼다.

하얀 종이 접시 위에
형형색색 꽃밥이라 쓰고
검은 종이 접시 위에
금박 무늬 약밥이라 쓴다.

만복

푸른 종이 접시 위에
알록달록 비빔밥이라 쓰고
보라색 종이 접시 펼쳐놓으며
가만히 웃는다, 보라! 하고.

오늘도 삶에 취해 위대했던 나에게
내 속의 호모 루덴스가 차린 수라다.

나의 아침 식사는 햇살 스테이크

나의 아침 식사는 수리수리 햇살 스테이크
예멘 모카 혹은 하와이안 코나를 곁들이는
스스로 맑고 눈부신 야생 천지의 대자대비

아직 한 번도 쨍쨍함과 반짝임을 허송한 적 없는
천생 햇살 지중해 하늘색 칼로 조금 잘라다가
다소곳 꽃구름 소반 위 세한도 쟁반에 올려놓는다.

이 햇살 속의 현무, 이 햇살 속의 주작,
이 햇살 속의 청룡, 이 햇살 속의 백호,

오색 만정 무지개로 궁궐 짓던 해모수의 지문이 있고
복락 지평 열고자 거서간으로 달려온 황금알 빛이 있고
새록새록 곡식을 키워낸 이랑과 말달리던 광야가 있다.

온 우주의 화창한 기운이 내 속에서 낭랑하다.
거룩한 환대, 이 미식 조찬의 기쁨!

여왕의 시대를 머리에 인 소녀

걷기 수업 시간, 소녀들이 걷는다.

여왕의 자세로 바르게 걷고 싶으냐?

그렇다는 소녀들의 정수리에
여왕의 시대, 두꺼운 책 한 권을 올려놓는다.

그리고 공명첩을 만들어 제 이름을 써 넣어준다.
이름이 삽입되자 나타나는 강렬한 빙의

한 소녀가 선덕 여왕 시대를 이고 걷는다.
한 소녀가 클레오파트라 시대를 이고 걷는다.
한 소녀가 엘리자베스 1세 시대를 이고 걷는다.

그들은 후사가 없지만,
소녀들은 여왕이 될 것이고 그 이후는 왕의 모후
또는 여왕의 모후가 될 시간들을 끌어당길 것이다.

소녀들이 걷는다.

담력을 이고 지혜를 이고
의지를 이고 영향력에 대해 생각하며
기품 있게 결단력을 이고 걷는다.

아직 권력에의 의지를 모르는
아직 전쟁의 미래를 모르는 소녀들이
신중하게 여왕의 시대를 이고 걷는다.

무거워 목이 부러질 것 같기도 하지만
이 정도쯤이야 견딜 만도 하다고
스스로에게 최면을 걸며 곧게 걷는다.

한 걸음 한 걸음이 왕도다.
왕대밭에 대왕 대 난다 했으니
이 소녀들에게 여왕 과정 수료증을 주도록 하자.

바르게 걸어라.
그대는 왕의 어머니시다.

파란 코끼리의 나라

구석은 참 훌륭한 요새다.

세상의 한쪽 구석은 더할 나위 없이 매혹적인 난지다.

그래서 나는 몰라도 되었다. 그래서 나는 많은 것들과 단
절되었지만 참을 수 있었다. 그래서인지 나는 천천히 완전
해져도 괜찮았다. 나는 부단히 무엇엔가 심취할 수 있었다.

또한 나는, 감출 수도 있었다. 아낄 수도 있었다. 무관심
과 방치에 힘입어 지켜낼 수도 있었다. 뒷받침이 없어서 독
립할 수 있었고 섞이지 않아서 독자성을 지니게도 되었다.

물론, 가만두지 않으려는 어떤 전투적인 생트집이 왜 없
었겠는가. 그러나 악령들을 위해 복무할 수는 없는 일. 단
호히 굴복시키니 그것들 오히려 나를 돕는 힘을 지닌 기괴
한 포석, 나를 더 웅장하게 만들었다. 이전에 없던 진기한
명약, 성장호르몬이 되었다.

그리하여 너머의 너머를 응시하는 새로운 세포가 생겼

다. 약점이 무기가 되고 허점이 강점이 되고 결점 또한 자산이 되었다. 물론 내 심신 송곳으로 긁는 듯, 뜨거운 칼날에 지져지는 듯 큰 통증 깊이 껴안고 있다.

하지만 이 욱신욱신함도 자생력, 이 뼈근함도 자생력, 이 갑갑함도 자생력. 모두가 세상의 한쪽 구석에 자리한 덕분에 자가 발전을 시작한 이후부터다. 오로지 홀로 개척해야 하니, 오늘 환하게 켜진 이 마음, 지금 나의 이 마음이 나의 나아갈 길을 밝히는 나의 신화다.

보아라,
다행히 컴컴한 비전박토 험지를 신선같이 걷나니
지나간 나날까지 빛나게 하리라!

신화적 순간을 기념하는 한 그루의 신단수

유성호

1. 내면적 열정과 인간 이해의 편폭

김은정 시집『황금 언덕의 시』는 깊은 미학적 수원(水源)에서 발화되는 내면적 열정과 인간 이해의 편폭이 단연 빛을 발하는 경험적, 상상적 기록으로 다가온다. 시인은 "내 혀는 불의 알"("시인의 말)이라고 선언하면서 그 열정(불)과 이해의 언어(혀)가 생성하는 경로(알)를 통해 스스로의 규정력을 발휘하고 있다. 그래서 우리는 때로 꽤 익숙하게 때로 전혀 생소한 방식으로 김은정의 시적 존재론을 만나게 된다. 아닌 게 아니라 그녀는 대상 자체를 사실적으로 재현하거나 사사로운 사연을 직접 토로하는 방식을 경계하면서 서정시의 권역을 끝없이 확장해간다. 그 결과 우주적이고 신화적인 언어적 건축을 지속적으로 수행해간다. 우리는 그러한 세계를 통해 하염없이 반짝이는 경험을 각인하게 되는데, 그것은 대상에 대한 정보나 그것을 해석하는 시인의 신념이 아니라 오히려 대상과 주체가 하나의 정황(context)에서 만나 창조해내는 고유한 소우주(microcosmos)로 남는다. 그 안에서 우리는 가장 빛나는 언어적 결정(結晶)을 발견하면서 우리 시단에서 만나기 어려운 귀한 상상력 하나를 경험하게 되는 것이다. 이제 그 새로운 언어의 풍경 안으로 천천히 들어가보도록 하자.

2. 오묘한 눈빛과 거룩한 순간

김은정 시인은 사물이나 상황의 속성을 직관적으로 파악하면서 그 안에서 삶의 본령을 깨달아가는 지성적 적공(積功)을 일관되게 보여준다. 물론 그녀는 반복적으로 등장하는 사물이나 상황에 어떤 통일성을 부여하려 하지 않고 다만 개개 시편을 통해 그러한 여러 차원의 발견 과정을 충실한 개별성과 완결성으로 형상화하는 시인이다. 그리고 그 결과를 정신적 차원으로까지 도약시키면서, 어떤 한 가지 주제나 원리에 의해 기획되는 시쓰기 관행을 훌쩍 넘어서고 있다. 그 점에서 김은정의 근작(近作)은 그녀가 궁극적으로 지향해가는 시적 좌표를 미덥게 실천해 보여주는 성과라고 할 수 있을 것이다. 우리는 그녀의 언어에 선명하게 새겨진 삶의 순간들을 응시함으로써 그러한 실천의 순간에 동참하게 된다. 먼저 다음 작품을 읽어보자.

참 빛나는 입구다.

검거나 파랗거나 초록이거나
태어나 처음 보는 어떤 색깔이라 해도
나를 향해 그대를 여는 신호는 아름다워

진기한 체험 통로로 들어가는 뇌의 문이다.

관심도, 연심도, 일심동체도
여기서부터 출발하는 것이라
야망과 지향 그리고 숱한 교만 등 속셈도
유기적인 통일체를 구성하는 한 부분이므로
여기가 맞다 하면 궁합도 뜨겁게 맞을 것이다.

오묘한 동공 속의 은파
공동체 의식의 거처!

― 「눈」 전문

　단아하고도 견고한 '눈'의 형상은 몸의 최전선에 위치해 있다. 미학적으로는 가장 빛나는 시선(視線)일 '눈'은, 육체적으로는 "빛나는 입구"이고, 체험의 통로로 들어가는 "뇌의 문"이기도 할 것이다. 어떤 색상을 마주해도 "나를 향해 그대를 여는 신호"로 아름답게 다가올 누군가의 '눈'은 모든 관심, 연심, 일심을 만들어낸다. 또한 야망, 지향, 교만 같은 것도 자연스럽게 여기서 출발한다. 모든 것의 "유기적인 통일체를 구성"하는 이러한 '눈'의 "오묘한 동공 속의 은파"야말로 따로 떨어져 있는 것들을 결속해주는 "공동체 의식의 거처"임은 말할 것도 없으리라. 이처럼 김은정 시인은 은은하게 빛나는 '눈'을 통해 세상의 수많은 사물, 감정의 흔들림을 포착하고 그것을 하나로 묶어내는 "더할 나위 없이 매혹적인 난지"(「파란 코끼리의 나라」)를 만들어간다. "스스로 맑고 눈부신 야생 천지의 대자대비"(「나의 아침 식사는 햇살 스테이크」)라는 표현도 이러한 오묘한 눈빛에서 가능했을 것이다. 다음은 어떠한가.

> 작은 우산을 쓴 적막
> 숨 막히는 은둔 성스럽다.
>
> 용이 태어날 기운을 머금은
> 이 비밀 옹성 속 구도자의 시간,
>
> 대지의 굴뚝 같은 피뢰침 하나 올리고
> 준엄하게 예를 다하며 엎드린 태반
>
> 모든 순간이
> 거룩한 씨앗이니
> 때에 이르면 백마 탄 기쁨이 온다!
>
> ─「오두막」 전문

이번에는 정적(靜的)인 상태를 함의하는 '오두막' 형상이 그려졌다. 눈빛이 새로운 관계들을 적극적으로 개진해가는 동적(動的) 매개체였다면 '오두막'은 그 반대편에서 가장 "작은 우산을 쓴 적막"으로 존재한다. 오두막의 숨 막히는 은둔에서 성스러움을 발견한 시인은 그 내질(內質)이 "비밀 옹성 속 구도자의 시간"임을 암시한다. 오랜 구도(求道)의 시간이 은둔으로 이어지고 그 은둔이 "대지의 굴뚝 같은 피뢰침 하나"에서 빛나는 "준엄하게 예를 다하며 엎드린 태반"으로 구상화하는 과정을 발견한 것이다. 그렇게 모든 순간이 "거룩한 씨앗"을 잉태하면서 더욱 역동적인 기쁨으로 번져갈 것을 예감하는 '시인 김은정'의 사유와 감각이 단정한 오두막에

서 거룩한 씨앗을 뿌리고 있다. "존재의 그윽함을 기록하며//두근
두근!"(「CCTV」) 하고 있는 오두막의 정중동(靜中動)이 "더욱더 강렬
하고 진취적"(「탱고 원피스」)인 마음의 파문을 생성하고 있는 셈이다.

　이처럼 시인은 무심하게 존재하는 듯한 '눈'이라는 신체의 빛
과 '오두막'이라는 단아한 성채를 통해 그 안에서 성(聖)과 속(俗)의
흐름을 간취하고 그에 대한 격정의 노래를 부른다. 그녀의 시에
는 세계내적 존재로서 가지는 운명에 대한 응시와 성찰이 녹아들
어 있는데, 작품마다 그러한 삶의 고통과 희열이 숨가쁘게 직조되
어 있는 것이다. 그리고 그 이면에는 그것을 치유해가려는 시인의
남다른 의지가 충일하게 담겨 있다. 김은정 시인은 오랜 시간 동
안 겪어온 이러한 실존적 모순의 상황을 바라보면서 그 안에서 파
동치는 오묘하고 성스러운 순간을 잡아낸 것이다. 이때 오묘하고
성스러운 기운이란 모든 이에게 주어진 등가적 조건이 아니라, 주
체의 내면에서 경험되는 새롭고도 개별적인 심리적 실체로 존재
한다. 그래서 그녀의 시는 끊임없이 현재화되면서 자기 실현을 열
망하는 수많은 흔적으로 남게 된다. 과거를 과장하는 미화(美化)의
원리나 미래를 밝게 하는 전망의 원리가 아니라, 자신의 현존을
이루는 가파른 흔적을 소중하게 안아들이는 김은정 시학의 묘미
가 여기서 잘 나타나고 있다 할 것이다.

3. 제의(祭儀)와 노동을 통한 삶의 새로운 태동

　또한 김은정 시인은 이번 시집에서 오랜 시간에 대한 의식의 깊
이를 자신의 대표적인 시학적 표지(標識)로 설계해간다. 물론 많은

시인들이 지나온 시간에 대한 자신만의 기억을 수없이 형상화해 왔을 터이다. 그때 나타난 정서나 감각은 그리움과 아련한 비애로 채색되어 있을 것이고, 스스로를 향한 회귀와 발견 과정 또한 이러한 보편성에서 그다지 멀지 않을 것이다. 그러나 시인은 이러한 그리움이나 비애보다는 생동하는 삶의 구체성과 다채로운 어휘를 통해 회감(回感)과 그리움의 결속을 도모한다. 그리고 그것을 인생의 최고 가치로 확산해내는 능력을 선보인다. 그녀의 시가 보내는 이러한 힘으로 우리도 서정의 원리에 충실한 진정성의 시학을 깨끗하게 바라보게 되는 것이다.

모두 태워라!

깊게 때 묻은 것 짙게 피 묻은 것
결단하지 못한 것 끝장내지 못한 것

모두 태워라!

손톱 밑에 소장했던 분노
가슴 속에 수장했던 앙금

모두 태워라!

달을 모셔와 활활 생명의 집 짓나니
개들이 짖어도 좋다, 오늘은 대청소하는 날
섬기며 모시고 살았던 거대한 애증 쓰레기 태우는 날
자연스럽게 길들어 보필했던 적폐 청산하면서

새롭게 더욱 새롭게 대길을 여는 날

하여 야단법석, 함께 불 분수 세우니
퇴장에 대하여 예의를 다하는 장례 풍경 뜨겁구나.
다시 새로워진 공터의 맹세 푸르구나.

폐단들이여, 안녕히!

— 「정월 대보름」 전문

"모두 태워라!"라는 준엄한 호령의 반복이 작품의 울림을 극대화하고 있다. 물론 작품 배면에는 '정월 대보름'의 전통인 불놀이 장면이 담겨 있지만, 시인은 그것으로 하여금 특정 시공간을 넘어 보편적 청산과 신생의 제의(ritual)로 거듭나게끔 하고 있다. 가령 시인이 태우라고 하는 것은 끈질기게 남은 생의 상처 같은 것들이다. 때나 피가 묻은 것, 결단하거나 끝장내지 못한 것, 분노나 앙금 같은 것, 거대한 애증과 폐단들이 그 세목을 이룬다. 이때 시인은 달을 모셔오고 활활 타는 "생명의 집"을 지으면서 "새롭게 더욱 새롭게 대길을 여는 날"이야말로 실존의 차원이든 공동체의 차원이든 "예의를 다하는 장례 풍경"임을 노래한다. 나아가 새롭게 태어나는 푸른 맹세를 통해 몸을 씻는 정결의 제의를 치르면서 상처의 소멸과 삶의 신생을 간절히 염원한다. 그렇게 시인은 이 불길이 "내 안에/거대한 꽃불을 지펴주는 찬란한 불꽃"(「진리에서 오신 분」)으로 승화하면서 "지금 나의 이 마음이 나의 나아갈 길을 밝히는 나의 신화"(「파란 코끼리의 나라」)가 되어줄 것을 믿는다. "천지 허공은 언제나 줄탁동시"(「아미타붓」)임을 진리로 계시하면서 "참으로 현묘

하고 유현한 색계"(「흑심」)를 지향해가는 것이다. 그리고 그 불꽃은
다음 작품에서 치열한 노동의 형상으로 몸을 바꾸면서 벅찬 리듬
감을 만들어낸다.

삶은
노동으로 이루어지는
숭고하고 장엄한 예술인가?

숨쉬기, 이 신기한 노동.
걷기, 이 놀라운 노동.

숟가락질도 노동, 칼질도 노동,
구함도 노동, 버림도 노동.

검문도 노동, 검색도 노동,
인공지능들에게의 명령도 노동,
걱정도 노동.

당신과의 악수도 노동, 입맞춤도 노동,
건배도 노동, 보살핌도 노동, 헌혈도 노동,
당신과의 모든 일이 노동.

글 읽기도 노동, 글쓰기도 노동,
말하기도 노동, 듣기도 노동, 짓기도 노동,
뜯기도 노동, 모으기도 노동, 뿌리기도 노동,
그리기도 노동, 주기도 노동, 캐기도 노동.

출산도 노동, 육아도 노동,
목욕도 노동, 치장도 노동, 노래도 노동,
강론도 노동, 논쟁도 노동, 칭찬도 노동,
찬미도 노동, 축제도 노동, 여행도 노동.

매혹에의 탐구도 노동,
감탄과 성찰도 노동, 참여도 노동,
치유도 노동, 살아온 나날에의 회고도 노동.

인생이란 노동으로 만드는 형상 시집!

— 「노동 예찬」 전문

　청산이 아니라 예찬이다. 비가(悲歌)가 아니라 송가(頌歌)다. "삶은/노동으로 이루어지는/숭고하고 장엄한 예술"임을 스스로에게 묻고 답하는 이 작품은 신기하고 놀라운 노동의 편재성(遍在性)을 증언하고 다짐하고 응원한다. 숨쉬고 걷는 것은 물론, 숟가락질과 칼질을 하는 것도 모두 신성한 노동이 아닌가. 구하고 버리고 검문검색하고 악수하고 입 맞추고 건배하고 보살피는 모든 일들은 일상적 차원에서 "당신과의 모든 일이 노동"임을 알려준다. 글을 쓰고 읽거나 말을 하고 듣는 것도 시인으로서의 고유한 노동이 아닐 수 없다. 뜯고 모으고 뿌리고 그리고 주고 캐는 신체적 움직임이나 출산과 육아와 목욕과 치장과 노래와 강론과 논쟁과 찬미와 축제와 여행 같은 문화적 움직임도 모두 "매혹에의 탐구"를 수행하는 줄기찬 노동이다. 그렇게 감탄하고 성찰하고 참여하고 치유하고 회고하는 모든 일들도 노동의 범주에 귀속한다. 김은정 시인은 우리의 삶이 결국 이러한 노동의 반복과 연쇄로 이루어진 거대한 "형상 시집"임을 예찬한다. '노동 예찬'이지만 새로운 삶을 태동시키는 '인생 예찬'인 셈이다. 그렇게 시인은 "삶을 사는 기쁨을 누리도록 돕는"(「탱고 원피스」) 노동의 가치야말로 "이 순정한 고독의 외길"(「심청 보림」)을 함께 가는 반려자이니, "흔쾌히 뿌린 대로 거대한 파문의 보답이 줄을 이어 올 것"(「에밀레종 소리 무늬」)을 예감하면서 벅찬 노동 예찬의 목소리를 든든하게 들려준 것이다.

두루 알려져 있듯이 서정시는 엄연한 일인칭 고백 예술이다. 한 편 한 편이 모두 오랜 경험의 산물이고 우리는 그 작품을 향수하는 데 자신의 삶을 투사(投射)하게 된다. 이러한 측면에서 일인칭 언어예술로서의 서정시의 속성은 매우 분명해 보인다. 그러나 생각을 바꾸면 서정시가 삶 자체를 다룬다는 측면에서도 그러한 명명은 얼마든지 가능하다. 서정시를 삶의 순간적 파악에 바탕을 둔 언어예술로 정의한다고 해도 사정은 마찬가지이다. 그 순간이란 오랜 시간의 흐름이 함축되어 있는 인생의 충만한 현재형일 것이다. 김은정 시인의 언어에 온축된 제의와 예찬의 순간들은 새로운 삶을 태동시키는 원류가 되어주면서 독자들로 하여금 외롭고 높고 아득한 정신적 차원을 자각하게끔 도와주고 있는 것이다.

4. 강렬하고 항구적인 시쓰기의 자의식

이처럼 김은정 시인은 이번 시집을 통해 나지막하고 견고한 인생론적 지혜를 들려준다. 이때 우리는 사물 인식 과정에서 언어의 역할이 반드시 필요하다는 사실에 동의하게 되는데 시인은 사물이나 상황의 본체를 언어의 구체성으로 일관되게 드러내고 있기 때문이다. 김은정 시인의 근원적인 상상력은 때로 명료한 기표로 때로 숨겨진 침묵으로 나타나게 되는데, 불가에서 말하는 비(非)언어적 마음을 유지하는 데서 이러한 언어 형식이 가능했을 것이다. 그렇게 언어를 비껴간 침묵을 통해 깊은 명상에까지 가닿는 김은정 시학의 깊이가 아득하게 다가오고 있다. 그리고 그녀는 그러한 깊이를 '시인'으로서의 자의식으로 한결같이 풀어가는 특성을 보여준다. 돌올하고 개성적인 '시인 김은정'의 실존적 고백이 거기 담겨 있는 셈이다.

> 시인의 주소는 원고지
> 원고지는 소지를 끓이는 솥,
>
> 성채처럼 솥 안에서 헤모글로빈이 걸어 다닌다.
> 무릇 당신의 상징 태양의 고수레로 끼니를 이으며
> 신실하게 사랑에 빠지는 자음과 모음의 천태만상
> 굿판 같은 붓판을 달구는 광대한 원고지 솥 안
> 이 법계의 맞춤법은 저 법계의 것과는 사뭇 다른가?
> 가끔은 이 법계 저 법계 맞춤법을 모두 내던지는
> 그 갸륵한 시무 위에 빨간 립스틱을 솟대로 둔다.
>
> 자장면을 비빈 젓가락으로 유리 천장을 깨면서
> 춤추듯 쏘아 올리는 소도!
> ──「시인의 주소는 원고지」 전문

'시인'은 활자에서 태어나 활자의 무덤으로 흘러간다. 그 사이에 주소를 두고 살고 있는 곳이 바로 '원고지'다. 그래서 원고지(原

稿紙)는 '시인'에게 원고지(原故地)이기도 하다. 비록 "소지를 끓이는 솥"일지라도 그것은 성채처럼 신실하게 사랑에 빠지는 "자음과 모음의 천태만상"을 "굿판 같은 붓판"처럼 달구어내는 광대한 세계이다. 가끔씩 원고지는 소도(蘇塗)처럼 유리 천장을 깨면서 모든 것을 춤추듯 쏘아 올리기도 한다. '소도'가 삼한시대 각 고을에 방울과 북을 단 큰 나무를 세우고 천신에게 제사를 드리던 곳임을 환기할 때, 김은정 시인이 준비한 '원고지'라는 현장은 '시인'으로서의 성스러운 직임을 다하는 제의적 공간으로 화한다. 마을 수호신의 상징으로 마을 입구에 세우던 '솟대'는 그러한 '붓판'이 "거룩한 기운으로 날아다니는 말씀의 법연"(「에밀레종 소리 무늬」)을 생각하게끔 해준다. "하얀 자유의 광장, 은모래 빛 우주"(「A4, 무량수전」)로서의 원고지는 이렇게 "문자 없는 시대 마음 새긴 진리의 경판인 듯"(「새 선 바위」)한 시간을 우리에게 허락하는 김은정 시인의 시쓰기 과정을 환기하는 자의식의 공간으로 거듭난다.

나는 빈칸 속에서 사는 곰

원고지 위의 빈칸
단어와 단어 사이의 빈칸
사람과 사람 사이의 빈칸

나는 그런 빈칸을 매우 좋아하는
눈썰매 타고 달리는 꽃사슴 발자국
에델바이스를 품고 있는 숲의 곰

나는 그 빈칸들의 미소와
그 빈칸들의 말에 조용히 귀 기울이며
풍요로워지는 자비행 풍경화의 존엄한 배후

나는 그 빈칸에 가득한 청사초롱과
물결의 능선을 만드는 명예로운 이력
그들과 일렁이며 발렌타인 나무와 이야기하는
진홍빛 입술 같은 유리잔에 담긴 신전

나는 그 다채로운 빈칸들로
수많은 알라딘의 위대한 마술을 만들고
시대를 뛰어넘는 용감한 도약을 만들고
사막을 건너가는 무지개 바퀴를 만들고

나는 그 빈칸 칸 칸을 타고 가볍게 은은히
혹은 때에 따라 격렬하게 당신의 방향으로
웅혼한 기백을 옮기는 강인한 투지

늘 당신을 향해 빛나는
유서 깊은 눈동자 속 고래등
그 같은 곰곰!

　　　　　　　　　　　　　　　　— 「빈칸들」 전문

　여기서도 시인은 활자와 활자 사이의 "빈칸 속에서 사는 곰"으
로 스스로를 명명하고 있다. 그 빈칸은 원고지 위의 것이기도 하
고 단어와 단어 사이, 사람과 사람 사이의 것이기도 하다. 빈칸을
누구보다도 좋아하는 시인은 어느새 눈썰매 타고 달리는 꽃사슴

발자국이나 에델바이스를 함께 품은 숲의 곰이 되어 빈칸들의 말에 귀를 기울인다. "자비행 풍경화의 존엄한 배후"인 빈칸들에서 "물결의 능선을 만드는 명예로운 이력"을 쌓아온 그녀로서는 다채로운 빈칸들에서 수많은 마술을 만들어왔음을 고백하기도 하는 것이다. 이러한 존재론적 도약으로 빈칸을 타고 은은하고 격렬하게 웅혼한 기백을 옮겨가는 시인은 '당신'을 향해 "유서 깊은 눈동자 속 고래등"으로 빛나는 순간을 자신의 초상으로 제시한다. "진정한 사랑을 만나면 풍파도 난파도 은파"(『부라보』)라고 했거니와, 그러한 미학적 은파야말로 시인이 만들어가는 "풍등을 날리는 마음이 가득 담긴/한 문장 또 한 문 장"(『연꽃이 피어 있는 책상』)일 것이다. 때로 "비장한 끝을 말하는"(『마침표』) 순간이 다가올지라도 그녀는 "이렇게 또 새로운 장르를 만들어"(『비너스 땅콩』)내면서 자신의 시쓰기를 이어갈 것이다.

결국 김은정 시인은 실존적 시선과 언어를 통해 강렬하고 항구적인 시쓰기의 자의식을 배열해가고 있다. 내면의 진성(眞性)을 일깨워 깨침의 증득(證得)으로 나아가는 치열한 고투의 순간을 낱낱이 기록해간다. 물론 모든 사물은 독립적으로 존재하지만 그녀로서는 그네들의 속성을 투명하게 바라보고 해석하면서 시심(詩心)의 외연 안에 그네들을 내적 연관성으로 묶어둔다. 단순히 제법(諸法)의 실상을 꿰뚫어보는 데 그치지 않고 선명한 형상을 통해 궁극의 세계를 상상해가는 시인의 강렬하고 항구적인 시쓰기의 자의식이 아름답게 다가오는 순간이다.

5. 충일하게 번져가는 '황금 언덕'의 우주

서정시는 자신의 현재형에 대한 치열한 섭렵을 통해 지난 시간을 정성스럽게 재구(再構)하고 나아가 존재론적 성찰의 목소리를 폭넓게 들려주는 언어예술이다. 김은정 시인은 지난 시간을 불러들여 이 시대의 상황적이고 근원적인 지향을 동시에 암유(暗喻)하는 작업을 통해 오랜 시간 축적해온 자신만의 언어를 들려준다. 이때 우리는 그녀의 시가 새로운 미학적 전율을 통해 경험의 파문을 깊이 있게 만드는 과정을 접하게 된다. 시인은 심미적 관조나 순간적 정서로 사물들의 이치를 표상하면서도 그것들이 관계의 복합성 속에 존재하는 방식을 적극적으로 탐구해간다. 이러한 역설적 노력은 그녀의 시로 하여금 새로운 서정적 도약을 가능하게 하면서 불일불이(不一不二)의 마음을 담아가게끔 해주기도 한다. 시집 표제작을 한번 읽어보자.

한 여자가 걸어간다.
이 지상에 도착한 복잡한 하오의 표면을
자신의 하이힐 굽으로 똑 똑 똑 두드리고 있다.

거대한 성문처럼 지표가 열리고
그 내부에서 인디아나 존스의 발굴 같은
기적이 줄 줄 줄 나올 것 같은 예감이다.

겹겹의 우주가 쌓여 있는 충충의 신비주의
정령이 에워싸고 있는 이 세상의 핵 가운데 핵

씨앗처럼 그녀는 북두를 조금 빗겨 난 위치에서
사랑으로 가득한 두루마리, 그 영혼의 소슬 기둥
자주적으로 곧추선 시곗바늘처럼 움직이고 있다.

초가을 황금 언덕을 오르는 그녀는
지금, 이 순간을 기념하는 한 그루의 신단수다.
에르메스 핸드백을 든 별자리 같기도 한 듯
지체 높게 나아갈 길을 걸어가는 백두의 사제다.

그녀의 진주산 비단 목도리가
그녀의 날개처럼 살아 펄럭인다.

비로소 찬란한
절정의 때를 만나고 있는 그녀의 숨결이
보란 듯 이 세상 정면 잠금장치를 푸는 시간
유서 깊은 파텍 필립의 침향을 더한다.

신림 같은 황금 언덕을 걸어가는 그녀
우주의 태극 원반 위에서 세수하고
탁족도 그리던 그 지문으로 맞은
행복한 오늘!

— 「황금 언덕의 시」 전문

　이 아름다운 시편은 하이힐을 신고 걸으면서 그 굽으로 오후의
시간을 두드리는 지상의 한 여자로부터 시작된다. 그 굽의 신호
로 말미암아 거대한 성문처럼 열린 지표 내부로부터 어떤 기적이
생겨날 것 같은 예감이 엄습해온다. 시인이 사유하는 "우주가 쌓

여 있는 층층의 신비주의"는 정령이 에워싼 "이 세상의 핵" 그 여자
가 "북두를 조금 빗겨 난 위치에서/사랑으로 가득한 두루마리, 그
영혼의 소슬 기둥"처럼 움직이는 장면에서 유추된다. 초가을 황금
언덕에서 그녀는 "지금, 이 순간을 기념하는 한 그루의 신단수(神壇
樹)"로서 우뚝한데, 그 모습은 별자리 같기도 하고 백두의 사제 같
기도 하다. 우리도 "비로소 찬란한/절정의 때를 만나고 있는 그녀
의 숨결"을 통해 이 세상 잠금장치를 푸는 시간을 만나고 있는 것
이다. "역행하는 시간의 색채 그 마술의 침출"(「자전거를 타고 가는 하
수오」)처럼 유서 깊은 침향을 더하면서 황금 언덕을 걸어가는 그녀
가 전해주는 "행복한 오늘!"이야말로, 우주의 태극을 함축하는 '시
(詩)'처럼, 자음과 모음으로 흩어져 열려오는 순간을 우리에게 선
사해준다. 그렇게 '황금 언덕의 시'는 고스란히 김은정의 '시'가 된
다. 속세도 출세도 아닌, 삶도 죽음도 품은, 불일불이의 마음이 아
름답게 살아나온다. 물론 시인은 그 과정이 "나의 해석이지/자연
의 판단이 아니다."(「자연법」)라고 했지만 그럼에도 불구하고 "나는
향, 나는 꽃, 나는 등불./범 우주 자연산!"(「유자의 달」)임을 승인하는
과정을 밟아가는 역동적인 모습도 놓치지 않고 있다.

　이렇게 김은정의 시는 신화적 언어와 발상으로 서정시의 자기
회귀적 속성을 뚜렷하게 견지한 채 씌어진다. 이러한 절실한 미학
적 정점에서 시인은 특정한 사물과 상황을 통해 스스로를 발견하
고 위안하고 다시 그 마음의 힘으로 사물과 상황을 바라보는 과정
을 이어간다. 물론 이러한 과정은 세계를 좀 더 넓고 깊게 받아들
이려는 시인의 의식에 의해 떠받쳐진 채 자기 확인의 의지가 스스
로의 삶에 대한 반성적 의식과 절묘하게 균형을 이루는 방향으로

펼쳐진 것이다. 시인은 자신이 중요하게 여기는 가치를 작품 안으로 끌어들이면서도 그것이 더없이 충일하게 번져가는 '황금 언덕'의 우주를 상상적으로 설계한 것이다.

김은정 시집 『황금 언덕의 시』는 시인이 만난 사물과 상황에 대해 민감하게 반응하면서도 그것을 심원한 사유와 감각으로 기록해간 결실이다. 마치 "햇볕이 물리 치료를 해주는 휴양소"(「버스 정류장」)와도 같은 이번 시집에서 이러한 집중적 형상화 원리는 균질적 성과를 낱낱이 거두면서 때로는 사물 자체가 스스로를 드러내는 방식으로 때로는 시인 자신과 사물의 관계가 그리움의 힘으로 나타나는 형식으로 드러났다고 할 수 있을 것이다. 절실하고도 진중한 실존적 기억에서 사물과 정서가 스스럼없이 어울리는 순간을 끌어들이면서 시인은 우리로 하여금 삶에 필연적으로 개입하는 환한 깨달음의 순간을 응시하게끔 해준 것이다. 앞으로도 김은정 시인은 우리의 의식과 무의식 속에 각인된 이러한 시간 경험을 가장 중요한 삶의 형식으로 삼으면서 시를 써갈 것이다. 물론 지나온 시간에 대한 일방적 미화나 퇴행 욕구는 그녀의 시와 전혀 관련이 없다. 오히려 그녀의 작품에는 시간의 불가역성에 대한 안타까움을 바탕으로 하면서도 시간의 흐름을 삶의 유일한 형식으로 받아들이는 과정이 나타나고 있기 때문이다. 간혹 "긴 철길 소실점 거기까지 그리움과 기다림을 가르치던/무심한 간이역"(「의자들」)을 떠올리지만 그 안에서 시인은 유한자로서의 겸허함이나 메말라가는 삶에 대한 자기 확인을 지속해갈 것이다. 그 점에서 이번 시집에 선명하게 나타난 삶의 고단함은 가혹한 절망이나 달관으로 빠져들지 않고 세계내적 존재로서 가지는 고유한 긴장과 그에 대한 활달한 성찰로 거듭나고 있다 할 것이다. 우리도 그 안에서 신화적 순간을 기념하는 한 그루의 신단수가 건네주는 삶에 대한 지극한 헌사를 만나고 있지 않은가. 그 가없는 진정성의 시학이 우리 시단에서 크게 평가되고 기억되기를, 마음 깊이, 소망해 본다.

柳成浩 | 문학평론가 · 한양대 국문과 교수

푸른사상 시선 155

황금 언덕의 시

김은정 시집